이번 생의
누추를
돌려드릴게요

의사 시인

허준 아포리즘

이번 생의
누추를
돌려드릴게요

시인동네

사는 것에 대한 질문으로 시작된 인문학에 대한 독서는 나를 시 앞으로 데려다 놓았고, 그래서 시인이 되었지만 여전히 갈증은 풀리지 않았다.

삶에 대한 답은 여전히 요원한 거리에 있다.

이 글은 그동안의 갈증에 대한 기록이다.

아포리즘이라 이름 붙였지만 내 삶의 단편들이자 여적이라 할 수 있다.

과연 이걸로 충분한가, 되묻는 날들이다.

그러나 여전히 내 마음에서 떠나지 않는 것이 있다.

구원은 자기 안에서 일어나고 있는 거의 모든 것들의 과정, 그 자체라는 믿음이다.

지금 행복하지 않으면 언제라도 행복할 수 없다.

즐겨라, 지금 이 순간을, 삶의 과정들을……

2020년 1월

허준

차례

작가의 말   · 4

1부_ 천국은 찬물 한 잔 마실 거리에 있다   · 10

2부_ 딩신의 끝이 부디 아름답기를……   · 58

3부_ 우리는 지금보다 더 행복해져야 한다   · 106

4부_ 우리의 연애는 오래전에 끝났지만 내 발목은
아직 거기에 남아 있다   · 148

천국은 찬물 한 잔 마실 거리에 있다

#oo1

사는 일은 쓸쓸하다.

그걸 이해하는 순간 당신은 시인이 된다.

휩쓸리지 않으면 어디에든 들어갈 수 없다.

두려워 말자.

#003

어두움과 외로움은 일란성쌍둥이가 아닐까?
너무 닮았다.

오늘은 부서지기 쉬운 유리컵에 담겨 있고, 천국은 찬물 한 잔 마실 거리에 있다.

#005

답은 늘 길 위에 있지만은 않다. 그러므로 길 바깥으로 나가
거나 아무것도 하지 않아야 할 때도 있는 법이다. 또 애당초
해결될 수 없는 일도 제법 많다. 그럴 때는 냉정하게 돌아서라.

육체 안에서 생의 무게는 누구에게든 같다. 빈자에게도 부자에게도 슬픈 자에게도 기쁜 자에게도 불행한 자에게도 행복한 자에게도…… 그러므로 오늘 이 하루를 무엇으로 채울지 스스로 판단하라.

#007

꿈이 옅어져 가는 만큼 당신이 희미해져 간다. 가장 자신이 또렷했던 때를 잊지 마라. 그때로부터 멀리 가지 마라. 시간은 흘러가지만 기억 속에 살아남아 있다.

  세상의 모든 감정에는 지붕이 있다. 감정의 색깔은 타인을
사랑하는 것과 같아서 옳고 그름은 없다. 그저 그렇게 되어버
린 것이다.

#009

살아가는 것에 대해 조금만 벗어나면 집착에서 벗어날 수 있지 않을까?

그러면 덜 집착할 수 있게 되지 않을까?

우리는 이해와 의미가 얼마나 중요한지를 잊고 산다. 그것이 인간성과 동물성을 결정하는 중요한 척도인 것도 모른 채 ......

살아가는 일은 판타지가 되었다가 호러도 되기도 한다. 우리의 가슴에는 너무 큰 정글이 있고 두꺼운 역사책이 되기도 한다. 하지만 하루와 일생은 여전히 짧다.

이번 생의 누추를 보여주려는 듯 주위의 가구들이 일제히 낡아간다. 하지만 정확히 말하면 낡아가는 것은 나 자신일지도 모른다.

#013

내일이라는 것을 생각하면 기분이 좋아진다. 그 내일이 당신이거나 다소간의 물질이어도 된다. 하지만 물질은 역치가 낮아서 갈증이 심한 대상이라는 것을 결코 잊지 마라.

한평생이 바람 같은 꿈이었구나.

이걸 이해하는 순간 당신은 철학자가 된다.

#015

자존감은 아픈 만큼 아파하고 슬픈 만큼 슬퍼하는 것이다. 훨씬 더 슬퍼하면 우울증이고, 아파하지 않으면 사이코패스이다.

올라갈 때 보지 못한 것들의 슬픔에 대해 생각하는 것이 어디 시인뿐이랴!

가야 할 곳의 좌표를 잃지만 않는다면 생의 어느 곳에서 길을 잃는다 하더라도 겁내지 말자. 그냥 그곳의 풍경을 즐기자. 그러면 돌아가는 내내 나는 행복하리라.

인생은 연극배우와 달리 단 한 번의 퇴장만 있을 뿐이다.

#019

존재는 표면에 머무르지 않는다. 말과 인물과 표정으로 판
단하지 마라. 의도와 진심을 읽으려고 노력해야 한다.

상대방이 창문을 닫았다고 할 때 두려워해야 한다. 오랫동
안 당신의 존재가 창문 너머에 서 있는 상대방을 보지 못할 수
도 있다. 그것이 누군가의 평생이 될 수도 있다.

#021

관계라고 하는 것들은 대체적으로 움켜질수록 사라진다. 안타깝게도 대부분 그것을 모른다.

누구든 마음속에 깃발 하나씩은 가지고 살아야 한다.

#023

그늘 속에 있다고 젖어 있다고 생각해서는 안 된다. 오히려
젖어 있음은 눈물 속에 있다.

가까이 보인다고 늘 가까운 것은 아니다. 달은 늘 가까이 보이지만 멀고, 내가 사랑하는 당신은 멀리 있어도 늘 함께 있다.

#025

비정상에 익숙해져선 안 된다.

스스로를 지키지 않으면 자신도 모르게 괴물이 되어간다.

누구든 자신만의 비밀의 정원을 가지고 살아가야 한다. 그 곳에서 휴식하고 충전하며, 세상의 거친 파도에 맞서야 한다.

#027

누가 부르지도 않았는데 뒤돌아보게 되는 순간이 있다. 당신의 아바타가 늘 지켜보고 있다.

아무리 반복한다 해도 익숙해질 수 없는 일이 있다.

너무 애쓰지 말자!

#029

견고했던 것들도 깨어진다는 것을 차츰 알아가는 일은 당신
이 어른이 되어간다는 것이다. 삶의 비의를 눈치챘다는 것이
다. 하지만 그것이 결코 좋은 일만은 아니다.

장맛비에 온몸이 흠뻑 젖어도 마음만은 젖지 않고 살 수 있
다면 좋겠다.

#031

때늦은 발견은 늘 아픈 법이다.

늦은 점심으로 마른 밥을 급하게 먹으며 목이 메어 가슴을 치는 것과 닮았다.

나아가야 한다면 험한 길을 이겨낼 힘을 주시고
돌아가야 한다면 그 무력함을 견딜 힘을 주소서.

#033

이기려고만 하지 말자. 이루려고 노력하자. 사랑이나 행복은 이겨서 얻어지는 것이 아니다.

상처가 더 이상 아프지 않게 되는 순간이 있다.

당신은 오로지 기다리기만 하면 된다.

\#035

　나이가 든다는 것은 주머니의 자갈을 끄집어내어도 자꾸 자갈이 생긴다는 뜻이다.

명랑함을 잃어버려서는 안 된다. 그것은 마음에 들지 않던 보조배터리를 극장에서 분실하고 찾으러 가지 않는 것과 같다.

#037

평생 앉아 일했던 의자가 사실은 내 등짝이었다는 것을 마른 꽃이 된 후에야 알게 되었다. 그것을 이해라고 할 수 있을지 모르겠다.

자다가 깨면 문득 왼쪽 머리맡에 앉아 있는 전생 때문에 그
런 날의 하루는 특히 슬펐다.

#039

울지 않으려고 했다. 일생이 갑자기 어두워졌다. 심장에서
칼날이 떨어졌다.

1g의 무게만큼 나에게 기대었다가 골목을 돌아서면서 생은
조금씩 희미해질 때가 있다.

너무 많은 지구들을 실은 채 지하철은 오늘도 달린다.

넘쳐나는 은유들!

기억에도 정류장이 있다면 얼마나 좋을까

아무 때나 타고 내릴 수 있게……

— 고영 시인, 「태양의 방식」 중에서

\#043

일상에서 일어나는 대부분의 일들은 계획되지 않은 채로 일어나고 있다는 것을 사람들은 모르는 채 살아간다.

우리의 오늘이 햇살에 기분 좋게 마르고, 살아갈 날들이 철들지 않았던 딱 그 시간만큼이길 빈다.

#045

아프다고 사정할 때까지 생을 거세게 움켜잡고 있다. 일상
은 시시하지만 표정은 더 이상 시시해지지 않기로 한다.

이번 생은 폐허에서 살아남아서 여기까지 왔으니, 나에게 수
고의 인사를 전한다.

2부

당신의 끝이 부디 아름답기를……

#047

물방울들이 모여서 강물이 되듯 어제오늘내일이 모여 내 일생이 된다. 아픈 오늘도 성난 하루도 눈물겨운 하루도 내 일생의 한 부분이다. 그러므로 최선을 다해 행복하려고 노력해야한다.

당신이 심각해질 필요는 없다. 당신이 만난 사건이 심각할
뿐이다. 사건 또한 종국에는 지나갈 것이다. 회피하려고 서둘
지 말고 천천히 해결하고 어쩔 수 없는 것은 덜 고통스러워하
며 견뎌라. 가장 중요한 것은 심각한 문제 자체가 아니라 인생
을 대하는 당신의 태도이다. 다만, 당신이 일생을 행복하게 살
기를 바란다.

#049

기억으로부터 벗어나기 쉽지는 않지만 과거에 치여 사는 것은 바보 같은 일이다.

용기란 늘 지니고 다니는 물건이 아니다. 그것은 형체 없이 돌아다니다가 도저히 어찌할 수 없는 재앙이 닥친 뒤에야 당사자의 가슴에 씨앗을 내린다. 그 씨앗을 틔우느냐 마느냐는 오로지 자기의 몫이다.

우리는 우리의 어린 시절과 함께 다니곤 합니다.

아팠거나 힘들었던 기억이 우리를 슬프게 만들고 행복했거나 좋았던 기억들이 우리를 웃게 만듭니다. 하지만 곰곰이 생각해보면 그건 지나간 일일 뿐입니다. 아마 나빴던 기억이 좋았던 기억보다 훨씬 현재에 더 큰 영향을 줄 겁니다. 그 아이를 떠나보내고 현재에 더 충실해야 합니다. 현재 또한 조만간 우리가 같이 다니는 그 아이가 될 테니까요. 그때서야 비로소 우리는 과거로부터 자유로워집니다.

삶은 우리를 화나게 합니다.

우리는 끊임없이 영혼을 달래며 살아가야 합니다. 그래야 분노 유지 상태로부터 벗어날 수 있으며 심한 경우 우울증이 생기거나 자살하거나 하는 일들을 막을 수 있습니다. 그런데 그걸 아는 사람이 없습니다. 정신과 의사나 혹은 (책에서 만나는) 철학자들조차 이런 얘기를 하는 사람을 거의 보지 못했습니다.

#053

자기 영혼을 달래는 방법은 자기가 좋아하는 것을 하는 것, 그리고 특히 부모로부터 인정받는 것, 삶이 우리를 화나게 만든다는 것에 대한 인사이트를 가지고 사는 것, 혹은 다른 달콤한 이슈로 화나는 이슈를 덮어서 그 시간이 지나가는 것, 자기 자신에게 선물을 주거나 막연하거나 구체적 공포로부터 벗어나는 것……

이 모든 것은 알고 있는 것만으로는 부족합니다. 실천해야 합니다.

거울을 보면 무슨 생각이 드시나요?

지금 당신의 얼굴을 누가 만들었을까요? 우리가 건너온 그 사막에서 그리고 여전히 사막인 이 지상에서 당신은 얼마나 자유로웠나요, 혹은 행복했었나요? 혹시 당신의 끝이 분명히 있다는 것을 잊은 건 아니겠지요? 그 한때가 당신이 누구인지를 정의하고 그 시간들이 모여서 당신이 이 지상에서 살다 간 역사가 됩니다. 살아간다는 것은 참 불쌍하다는 생각이 듭니다,

#055

삶을 House(거처)가 아닌 나의 Home(집)처럼 편안하게 기꺼이 받아들이고, 발생하는 문제들을 고통으로 생각하지 말고 과정이라고 받아들일 것.

자기가 하고 싶은 걸 하면서 즐기고 놀면서 살아갈 것.

우리는 서로에게 오답일 수밖에 없다. 하지만 그 관계가 매력적이라면 정답이 아니라도 괜찮다. 마치 발전소에서 태운 석탄의 열기가 전기선을 타고 와서 전기장판을 달구듯이 감정은 전달된다.

눈물은 젊다. 울 수 있다는 것은 아직 세상에 미련이 남아 있고 울 힘도 있다는 말이다. 절망에 빠진 사람은 남은 감정이 없어서 나무토막처럼 무표정하다. 너무 고통스러우면 우는 소리가 입을 통해 흘러나오지 못한다. 기껏해야 짐승 같은 소리만 낼 뿐이다.

마음의 문제들은 견디거나 이겨내어야 하는 것이 아니다. 그리고 결국 지나갈 것이라고 하는 방관자적인 태도 또한 바람직하지 않다. 마음의 작용들을 개울의 징검다리 아래 놓인 돌처럼 스스로 만들어가며 건너가야 하는 것이다. 그 마음의 작용들은 미리미리 배우고 연습하고 준비해 두어야 한다. 삶은 끝을 알 수 없고, 계속 줄어들어 결국 딱 한 줄만 남는다.

고통을 건너는 법

되는 일은 고민하지 않아도 저절로 해결된다. 고민해야 되는 일은 어차피 해결되지 않는 경우가 허다하다. 기한을 정해서 짧게 생각하고 내 것이 아니다 싶으면 포기하고 버려라. 부처님께서도 "네 손에 불에 달궈진 석탄을 들고 있으면 네 손만 탄다"고 하셨다. 당신 인생에서 고통 받으며 사는 시간보다 평화롭게 사는 시간을 늘리는 것이 중요하다.

우리의 인생은 부자와 가난함의 선택이 아니라 사람으로서의 단단함과 우아함이다. 물론 돈이 필요 없거나 의미 없다는 말은 아니다. 일정 이상은 필요하다. 문제가 되는 것은 돈이 아니라 욕심이다. "가난하면 비열해지고 악해진다"고 플라톤이 말했다. 우아함의 사전적 의미는 '여유가 있고 고상하고 기품이 있으며 아름답다'이다. 타인을 이해하려고 노력하고 그 사정에 공감하며 마음을 편안하게 하고 여유로우며, 선의를 포함하여 거절에 있어서도 감정 표현을 지혜롭게 해야 한다. 특히 자신과 타인에 대한 사랑의 문제에 있어서 질투와 집착을 적당히 가지며 잘 통제해야 한다. 인문(철)학의 가장 꼭대기에 있는 명제는 '존재에 대한 사랑/인간에 대한 예의'이다. 이를 잘 실천해야 우리는 비로소 우아해진다.

　당신이 누구든 어디에 있든 무엇을 하든 얼마나 힘들든 가는 길에 향기로 가득하기를,

　특히 당신의 끝이 부디 아름답기를……

#063

더 행복해지는 것은 덜 고통스럽다는 말이다.

대부분의 결정은 생각이 아니라 감정이 한다. 섣부른 위로는 안 하(든는)니만 못하다.

#065

우리는 그냥 태어나서 아무런 실습 없이 살다 죽는다.

어른들 말씀이 "밥만 먹으면 저절로 살아지더라" 하는데, 참 맞는 말 같다.

늙어감(어쩔 수 없음)을 탓하는 것이 가장 어리석다.

#067

인생은 돈으로 인해 파생되는 문제가 대부분이다. 그런데 그 문제는 시간이 해결해준다.

매력은 정확히 말할 수 없고 눈에 보이지 않지만 강력하다.

#069

깨달음의 너머는 온통 흐릿해서 좋은 것만 있는 것 같지 않다.

화가 나면 화를 내는 것이 참는 것보다 나을 때도 많더라.

사람들은 도와준 사람보다 도와줄 사람 곁에 머문다.

자살을 생각하는 사람들에게 실천력은 위험하다. 그들은 억울함과 출구 없음을 가지고 있다. 구원은 늘 한걸음 늦게 온다.

대상은 기능과 외관을 가지고 있다. 하지만 그 본질을 제쳐
두고 체험, 감정, 주위에서 느낀 감각 등과 연관되어 기억되고
사유된다. 그러니 세계는 얼마나 정다운가!

사람들은 누군가가 늘 필요하다. 욕망하기 위해, 원망하기 위해, 털어놓기 위해. 욕망은 부족하게, 원망은 날카롭지 않게, 털어놓음은 돌아올 길을 생각해야 한다.

#075

우울한 뉴스나 드라마는 보지 마라!
그것이 자신을 우울하게 만든다.

우리가 아름답다고 여기는 모든 것들은 대부분 지극히 일
상적인 것들이다.

#077

　시련을 이겨내려면 마음속에서 이미 승리자가 되어 있어야
한다. 시련을 이겨내리라는 믿음 자체가 승리인 것이다.

어려서부터 우리는 숙제를 미루면 안 된다, 칫솔질을 미루면 안 된다고 잔소리를 듣고 산다. 자녀는 숙제를 끝내면 놀 수 있다고 생각한다. 그런데 부모는 숙제를 마치면 또 다른 공부를 시킨다. 아이는 부모의 요구가 끝이 없다는 것을 언젠가 깨닫는다. 그러면서 참는 것에 점점 익숙해진다. 미래를 위해 사고 싶은 걸 안 사고 놀고 싶어도 참는다. 그렇게 끊임없이 주입된다. 그것이 습관이 되어 자기의 내면이 참을 것을 요구하고 참지 않으면 스스로 불안해진다.

#079

고민을 하기 시작하면서 문제가 생긴다. 그냥 열심히 씩씩하게 살면 된다. 길은 항상 열려 있고 두 발로 당해낼 수 없는 일은 없다. 해결할 수 없는 일은 애당초 어쩔 수 없었던 일이다.

돌아오면 그냥 안심이 되는 사람

나를 보면 그냥 웃어주는 사람

그냥 그 사람

#081

우리는 전략적이어야 한다. 연인에게는 사랑스러움을 유지해야 하고 적에게는 힘의 우위를 느끼게 만들어야 하고 인생에서는 행복하지 않음을 줄곧 버리며 살아가야 한다.

여(25세) : 나이가 더 들면 사는 게 좀 편해질까요?

남(50세) : 아뇨, 늙어가는 것도 처음이니 서툴러요. 다만 모르던 걸 알게 되니 덜 흔들리게는 돼요.

여(25세) : 저는 제가 어떤 사람이어야 하는지 잘 모르겠어요.

남(50세) : 점점 알게 될 거예요. 너무 애쓰지는 마세요. 인생에는 길은 있지만 답은 없는 거 같아요.

#083

　우리는 서로를 무사히 통과하고 반짝이는 미래를 발견하고 나서야 비로소 만날 수 있다. 이제는 겨우 존재하는 것들; 예컨대 죽어버린 연애 감정 같은, 희미한 거울 앞에서 립스틱을 바르고, 오지 않을 답장을 기다리는 경우들.

닫힌 문 앞에서 마냥 기다리다 지쳐버리는 게 한평생일지도 모른다.

　세상은 보기보다 단순하다. 더 잘하려다가 망치는 경우도 많고 가만히 있어도 최소한 반은 되는 경우도 있다. 타인에 대한 이해가 애당초 불가능하다는 데에서 출발하면 최악은 피하게 된다.

지금, 그 지금들이 모여서 내 일생이 된다.

#087

　내 의지대로 살 수 없다면 인생은 그저 한낱 꿈이며 그것도 악몽이다.

인생의 불가항력을 수용하는 것이 패배는 아니다. 물론 승리도 아니겠지만……

#089

스스로 기준과 약속을 정해두어야 한다. 가끔 내면에서 걱
정스런 목소리가 들리곤 하지만 그것은 과거의 소리일 뿐이
다.

　불안은 우울하다. 그 기원은 미래에 대한 전망의 부재와 가난하게 살지 않으려는 욕망과 자신의 결정에 대해 책임지지 않으려 하기 때문이다.

추상적인 구호나 이상으로 삶이 행복해지고 재미있어지는 것이 아니다. 그 어떤 위대한 가치나 이데올로기도 구체적으로 경험하지 않으면 의미가 없다. 결정적인 순간에 지식인이 비겁해지는 이유는 생각만 많고 실천하지 않기 때문이다.

매일 연애를 하듯이 살기를 권한다. 자신이나 타인과 연애를 하고 설렌다면 얼마나 행복한가. 아울러 지독한 것이나 슬픈 일에는 눈을 감거나 피하기를 권한다.

3부

우리는 지금보다 더 행복해져야 한다

#093

일어날지 안 일어날지 불확실하거나 언제 생길지 불분명한 불행 때문에 평생 마음의 평화를 잃어서는 안 된다. 이를 위해 우리는 그런 불행이 결코 일어나지 않거나 적어도 지금 일어날 리 없다고 생각하는 데 익숙해져야 한다.

더욱 구체적으로 행복해지기 위해 무엇을 해야 하는가? 한 마디로 실행이 중요하다. 실행이 없으면, 너무 많은 시간이 걸린다.

#095

거창하고 큰 계획이 아니라 작고 소박하지만 스스로 즐겁고 행복할 수 있는 실행 목록(버킷 리스트)을 지금 바로 만들어라. 매주 매달 새로운 목표를 정하고 실천할 수 있다면 행복은 삶의 곁으로 자연스레 찾아올 것이다.

남들의 시선을 너무 의식하지 말자. 나와 가족의 행복을 위해 실천할 수 있는 작은 것부터 시작하자.

#097

행복의 출발은 자기가 무엇에 행복해하는지에 대한 깊은 성찰이 필요하다. 그걸 알려주는 지침서는 없다. 오직 자신만이 안다.

　사람들은 도덕적이 아닌데도 도덕에 발목 잡혀 산다. 학교에서 배운 '그래야 한다'에 빠져 스스로를 벗어나지 못한다. 그래야 행복해진다고 믿는다. 도덕과 행복은 무관하다.

#099

미련과 걱정을 버리는 일은 누구에게든 쉽지 않다. 행복을 쌓아둘 마음자리가 늘 부족하다.

　지금 Now 행복하다 생각하지 않으면 앞으로도 행복하지
않다.

#101

파도가 쉴 새 없이 밀려오는 인생이라는 바다를 건너가려면 품고 갈 것과 버리고 갈 것을 판별하는, 냉철한 사고력이 필요하다.

삶은 어디든 언제든 나를 지독하게 따라온다. 꼭 그림자 같다.

#103

파도는 한번만 치지 않는다. 바다를 떠날 때까지 파도는 쉬
지 않는다.

우리는 지금보다 더 행복해져야 한다. 그럴 이유도 있고 충분한 자격도 있다. 다만 용기가 없다는 것이 슬프다.

과로하면서 목표를 이루어도 행복하지 않는 경우도 많다. 또는 이루지 못할 수도 있다. 매일 행복한 일을 하나라도 하면서 사는 사람은 행복에 대한 감각을 잃지 않는다. 미래를 위해 억지로 하기 싫은 일을 하다 보면 나중에는 웃는 법 자체를 잊어버리게 된다. 행복은 어떤 면에서는 습관이다.

행동은 다정함을 유지하되 마음은 냉정함을 잃지 말아야 한
다. 행복은 저온숙성을 필요로 한다.

#107

두 발로 당해내지 못할 일은 없다. 다만 가야 할 길이 남아 있을 뿐이다.

우리는 꼭 정상에 오르거나 빨리 갈 필요는 없다. 일생을 무사히 살아내기만 해도 성공한 것이다. 더불어, 숨을 쉬고 있다고 살아있는 것이 아니다. 가슴이 뛰어야 한다. 당신이 죽기 전까지 정말 살아있기를 권한다.

#109

전력 질주해 보신 적이 있는가? 턱까지 가득 차오르는 숨을 몰아쉴 땐 그 어떤 후회도 눈물도 있을 수 없다. 지금이, 오늘이 마지막인 것처럼 살아야 한다.

도구로 이용당하지 말고 세상의 모든 것을 사용하며 살아야
한다. 인간은 소모되지 않고 살아있음을 지향해야 한다.

#111

진정으로 인생을 즐기지 않으면 거의 모든 이는 당신을 기억하지 못할 것이다.

인생은 연습 없이 살아가는 것. 항상 발아래가 더 위험하다.

#113

당신은 항상 올바르게 나아간다. 가짜 윤리나 체면이 가로
막지만 않는다면……

　지금까지 일어난 일은 당신 탓이 아닐 수 있지만, 앞으로 일
어날 일은 더 노력하지 않은 당신 탓이다.

#115

당신이 현실에 묶여 있다면 그건 몸이 아니라 마음일 것이
다.

청춘은 숫자의 개념이 아니다. 밥을 먹다가 산책을 하다가 애인을 만나러 가다가도 언제든 청춘을 찾을 수 있다. 잃어버린 청춘이란 없다.

#117

지구상의 모든 존재는 최선을 다해 살아간다. 일년초는 꽃을 피우려고 목숨을 버리고, 치타는 한 끼의 식사를 위해 온몸의 근육을 다 쓰고는 탈진해버린다.

대부분의 실수는 진심이 없을 때 일어난다. 변명을 되풀이
하는 것은 진실을 감추고 있을 때이다.

#119

숨길 게 없는 사람은 부끄럽지 않은 법이다. 남을 두려워하는 것은 감출 게 있을 때이다.

당신은 인간으로서의 품위를 얼마나 유지하고 있는가?
시시때때로 자문해볼 필요가 있다.

#121

갑자기 소나기를 맞을 때가 있다. 젖은 몸은 우산을 쓴다고
마르지 않는다.

절실하지 않은 것은 껍데기이다. 절실한 것을 지금 하고 있어야 행복할 수 있다. 당신이 절실하지 않는 것은 순전히 당신 탓이다. 당신에게 절실하다면 상대방도 그걸 알게 될 것이다.

#123

먹을 게 없으면 어미 새는 자기 내장을 끊어 아기 새에게 먹인다. 그렇게 지구는 눈물 나게 돌아간다.

밥이든 술이든 목을 타고 넘겨야 하는 일은 공손해야 한다.
누구든 장난치면 벌을 받는다. 내 자식이 먹을 것처럼 극진해
야 한다.

#125

눈치도 예의가 필요하다. 진심만 있다면 눈치 보기가 필요 없는 법이다. 하지만 과도한 눈치는 상대방을 불안하게 한다.

보살펴주는 것

기다려주는 것

걱정해주는 것

먼저 자기 자신에게 해야 할 의무다. 자신을 사랑하자.

#127

울어야만 사람이다.
울지 못하면 로봇일 뿐이다.

성숙한 어른이 된다는 건 누가 놀아주지 않아도 외롭지 않게 하루의 남은 시간을 잘 채울 수 있는 힘을 가진다는 것. 그런 사람들을 보면 참 부럽다.

#129

나는 심심해도 안 심심하다.

온전한 성인은 혼자서도 잘 노는 자이다.

많은 사람들이 외롭다고 느낀다. 하지만 대부분의 경우, 외로운 것이 아니라 심심한 것이다. 그 심심함이 반복되면 불만이 쌓인다. 그래서 남편에게, 자녀들에게 놀아달라고 요구한다. 그것이 여의치 않으면 좀 더 멀리 있는 관계를 찾는다. 친구나 이웃, 동호회 사람들과 만나 심심함을 달랜다. 그 순간은 외로움을 느끼지 않는다. 하지만 외로움은 이런 식으로 해결될 수 있는 감정이 아니다. 심심함과 외로움을 구분할 수 있어야 한다.

상처는 과거형이고 고통은 현재진행형이다. 그러므로 상처와 고통을 구분해야 한다. 상처를 두려워하면 무엇을 하거나 열심히 살기 어렵다. 물론 고통을 다스릴 줄 알면 좋겠지만 그건 참 어렵다. 너무 애쓰지 말자. 시간 속에 흘러가게 그냥 내버려두자. 그러면 상처는 아문다. 고통은 어느 날 홀연히 사라진다.

지금 바로, 누구든 상관없이, 당신 곁에 있는 이에게 아무 말이라도 걸어보라. 관심보다 큰 사랑은 없다.

4부

우리의 연애는 오래전에 끝났지만

내 발목은 아직 거기에 남아 있다

#133

우리는 왜 사랑을 나눌 때조차도 서로가 서로에게 타인이
었을까, 뜨거운 낮을 지나면 늘 젖은 밤이 오듯이

이제 고백을 하고 사라지려고 합니다. 우리가 이어져 있다고 했던 말들은 제가 들떠서 했던 말이었습니다.

저는 다만……

#135

일면식이 없었던 당신이 지나쳐갈 때, 아직 이별을 알지 못하는 말처럼 심장이 뛰었다.

사랑은 (보고 싶어) 생각나는 것, (같이 있어) 안심하는 것, (떠나보내서) 눈물 나는 것이다.

#137

사랑은 위험한 물건이다.

온전히 자신을 지킬 수 있고 안전한 사랑은 없다. 사랑은 필연적으로 상대방을 화학적으로 변이시키고 상대 속으로 파고들어가서 상처를 내는 작용이다. 그게 싫으면 애당초 시작하지 마라. 차라리 보모를 구하는 편이 나을 것이다.

우리 만남은 입으로 기록되지는 않을지라도 고백이라는 형식으로 남을 것이다.

#139

이유 없이 전화를 걸어 그냥 걸었다고 말하면 두 가지의 경우이다. 갑자기 보고 싶었거나 한눈을 팔아 미안한 경우이거나.

사랑은 두 가지 색깔의 물감이 섞여가는 과정이다. 다 섞여서 하나의 색깔이 되면 섞여가는 재미는 사라지고 안정감이 생긴다. 그래서 밀당과 긴장이 필요하다.

우리는 자주 자기를 여자(남자)로 바라봐주는 사람이 필요
하다.

보호자가 아니라……

사랑은 절벽 같은 무모함이고, 고층 아파트에서 바라보는
새이고, 사라져가는 잔향이다.

#143

사랑은 걷는 것과 비슷하다. 앞서거니 뒤서거니 하지만 뛰어가면 넘어지기도 한다.

상대의 부재가 고통스러우면 사랑이다.

세상이 아름답게만 보이면 사랑하고 있다는 증거이다.

#145

우리의 연애는 오래전에 끝났지만 내 발목은 아직 거기에
남아 있다.

사랑하기에 마땅한 사람이라서 사랑하게 되는 것은 아니다.
그냥 사랑하게 되어버린다. 이유는 없다.

#147

이유 없이 더 사랑하게 될지도 모른다. 사랑은 종잡을 수가 없다. 그 불확실성으로 인해 사랑은 더 고귀해진다.

사랑의 시작과 끝은 대체로 우연이지만 간혹 고도의 지적
능력일 수도 있다. 그래서 우리는 더 노력하게 된다.

#149

사랑이 멋지기만 한 것은 아니다. 눈물과 고통도 섞여 있다.
불면의 밤이 있어야 사랑은 비로소 완성된다.

사랑은 사랑을 믿는 사람에게만 효력이 발휘된다. (마치 신을 믿는 것과 비슷하다) 사랑을 원하는 당신은 내가 사랑하지 않으면 그저 그런 사람이다. 그래서 사랑은 권력이 된다.

#151

세상은 사랑만으로 살 수 없다. 사랑만이 세상을 살아가게 하는 힘이지만 사랑만으로 살 수 없다는 것을 아는 것, 그럼에도 불구하고 내가 의지할 대상이 당신밖에 없다는 것을 아는 것, 슬픈 어른의 사랑이다.

사랑은 언제나 옳지만 맞은 적도 없고 또한 틀린 적도 없다.
사랑이라는 낭만이 자행하는 이 악순환이 세상의 이치라는 것
그리고 성숙해간다는 것은 그 이치를 알았다가 잊고 있었던
것을 다시 깨달아가는 과정이라는 것.

#153

사랑이 없다면 인생에 무슨 의미가 있을까? 사랑은 죽음의 장소이다. 사랑은 나에게 상처 입혀도 된다는 권리증 같은 것이지만 피를 흘리면서도 그것을 부인해야 하는 슬픈 일이기도 하다.

현실적 사랑에는 보통 세 가지가 있다.

불같은 사랑, 불편한 사랑, 불쌍한 사랑.

당신은 지금 어떤 사랑을 하고 있습니까?

#155

사랑은 보살펴주고 걱정해주고 기다려주는 것이다.

우리는 다른 곳에 있지만 똑같이 차갑거나 혹은 뜨겁다. 그
리고 사랑은 언제나 옳다.

#157

사랑받고 있다는 믿음은 늘 혼자가 아니라고 느끼게 해주
는 것이다.

남녀 간의 사랑에서 가장 중요하게 지향해야 하는 것은 무엇일까? 나를 더 아껴주는 상대를 찾는 것? 함께해서 미래가 더 안심되는 상대를 만나는 것? 상대가 운명의 짝이라는 확신 같은 걸 가지는 것?

이 모든 것보다 가장 중요한 것은 함께 있을 때 내가 더 좋은 사람이 된다는 것을 느끼는 것이다. 그러면 서로 사랑하며 살아가게 된다. 최고의 사람은 얼마 되지 않지만 누구든 노력하면 언제든 더 좋은 사람은 될 수 있다.

#159

지금 사랑받고 있는 사람과 그렇지 못한 사람의 차이;

전자는 늘 만족하며 열심히 살고 후자는 항상 무엇이든 부족하고 불안하게 산다.

내일보다 오늘이 하루 더 젊다.

사랑하고 사랑받는 것은 당신이 지금 젊다는 것이다.

#161

사랑은 차별이다.

이웃집 여자와 우리 집 여자를 똑같이 사랑해주면 우리 집 여자는 고통스러워한다.

　고맙다는 말보다 사랑한다는 말이 더 좋다. 사랑한다는 말
보다 보고 싶다는 말이 더 좋을 때도 있다.

#163

약간의 위험을 감수하고 솔직하고 단도직입적인 태도를 갖기로 하자. 나쁜 일은 일어나지 않고 오히려 일이 잘 풀린다. 단 무모하면 안 된다.

"그대가 사랑을 하면서 되돌아오는 사랑을 불러일으키지 못한다면, 그대의 사랑이 되돌아오는 사랑을 생산하지 못한다면, 생활 속에서 사랑받음을 만들어내지 못한다면, 그대의 사랑은 무력한 것이요 하나의 불행일 뿐이다."

—카를 마르크스

이 도서의 국립중앙도서관 출판시도서목록(CIP)은 서지정보유통지원시스템 홈페이지
(http://seoji.nl.go.kr)와 국가자료공동목록시스템(http://www.nl.go.kr/kolisnet)에서
이용하실 수 있습니다.(CIP제어번호: CIP2020001196)

허준 아포리즘

이번 생의 누추를 돌려드릴게요

ⓒ 허준

초판 1쇄 인쇄 2020년 1월 15일

초판 1쇄 발행 2020년 1월 22일

　　　지은이　허준

　　　펴낸이　고영

　　책임편집　서윤후

　　　디자인　헤이준

　　　펴낸곳　문학의전당

　　출판등록　제2017-000002호

　　　　주소　서울시 마포구 마포대로 11길 91, 3층

　　　　전화　02-852-1977　팩스　02-852-1978

　　전자우편　sbpoem@naver.com

　　　ISBN　979-11-5896-451-1　03810